句集

伊勢の国

木戸口真澄

文學の森

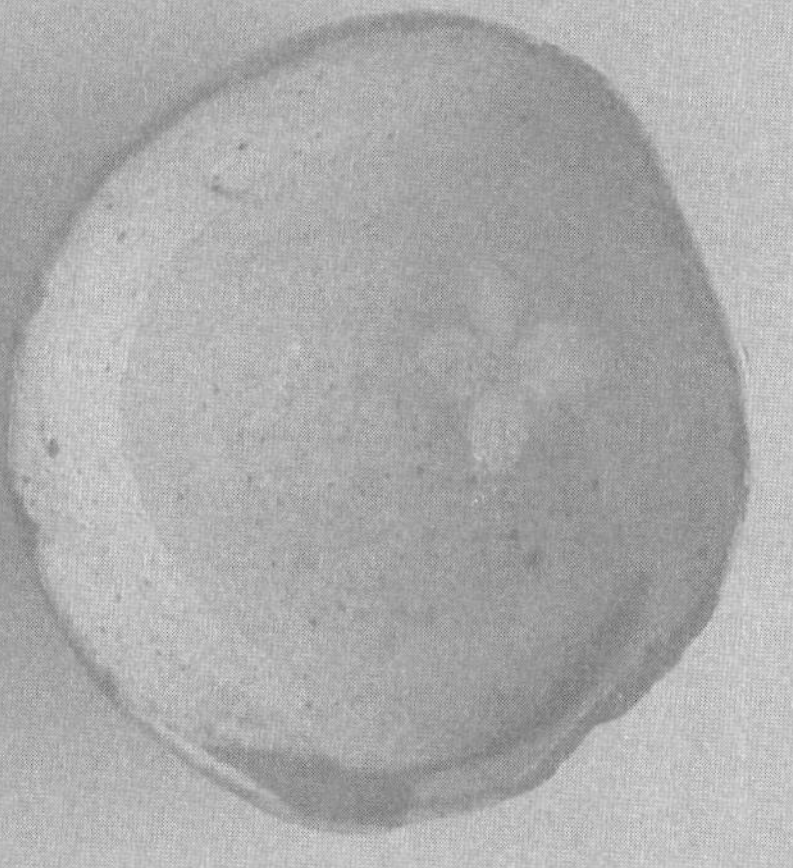

平成28年、妻と

序に代えて

天上の父母。
敬慕する師友。
そして家族に限りない愛と感謝の心を籠めて、この一書を捧ぐ。

平成二十八年十月

木戸口真澄

句集　伊勢の国／目次

装丁　クリエイティブ・コンセプト

句集　伊勢の国

いせのくに

第一章　月の王

平成二十五年

はんざきの寡黙にわれら及ばざる

同郷に生まれし妻と草矢打つ

薔薇多彩人それぞれの死生感
塩揉みの蛸やはらかき祭かな

その人が来れば涼風吹くやうな
手花火の終の一滴ふくれ落つ

手花火の終の一滴落ちて闇

露涼し神宮印の片手桶

火鑽具の火の涼しさも二見浦

蟬の穴すこしはなれて蟬の穴

睡蓮と睡蓮の間の水明り
金銀の斧沈みゐる泉かな

大滝と糸滝壺を同じくす

公子

家継ぐと決めたる次女の盆用意

自分史は惜敗史なり銀河濃し

今生は水の如しや銀河濃し

八月の記憶防空壕のこと

鳴子綱引けば月落つ伊勢の国

ばつたんこ鋼のごとき山の闇
月落ちてよりのはげしき引板の音

隠し田に小さき添水設へし

地芝居の少年の眉母が描く

蟋蟀もわれも月恋ふこと同じ
月光に胸焦がされて独り言

慶應と棟木に墨書雁の秋

わが師みな寒露の頃に逝かれたる

娘の部屋の人形も老ゆ秋の暮

零余子飯炊くと妻言ふ素十の忌

月の王詠みし素十の忌なりけり

夕雁や素逝遺弟子も遂ひに絶ゆ

芭蕉祭

栄え受くる芭蕉日和は鷹日和

枝豆や伊賀より「銘酒芭蕉翁」

敗将を神とする村鳥兜

洗ひたる障子の上を水流れ

穴に入る蛇残心の眼かな

火恋しこころ淋しきときなれば

黄落や遷御終りし宮大工

墨壺に冬日を溜めて宮大工

遺影によき写真選ぶや冬立つ日

勢子頭寡黙なれども信篤し

勢子頭朱の呼笛を首に掛け

新聞で知りし旧知の猟夫の訃

猟夫小屋掲ぐ遺影は勢子頭

勢子頭逝き陣営の整はず

到来の鴨肉焙る桜炭

目玉まで鯛煮凝となりにけり

冬鵙や名を彫らざりし十字墓

鷹匠も老ゆ飼はれたる鷹も老ゆ

押切も一具となして注連作り

鰭酒を所望ちらちら雪降れば

琴となす桐の冬木はまだ伐らず

冬の鯉水を呑みつつ老いにけり

枯野こそ作句工房石に坐す

われもまた人から見れば枯野人

天皇の傘寿を讃ふおでん酒

星と言葉交はす子羨し降誕祭

伊賀訪ひの尠き年を惜しみけり

金屛の文字の乱れも虚子なれば

師に狎ることは罪なり冬薔薇

神の田に青女降り立つ伊勢の国

第二章　飾り海老

平成二十六年

神領の民の誇りの飾り海老

身幅ほどの伊勢の世古みち松飾り

長女・紀子

二子育てし苦楽の嵩や松飾り

寒梅や魚板もあらず僧も居ず

やはらかく妻の打ちたる成木責め

無職こそ心の王者寒北斗

雪やみて星引き締る伊勢の国

飛鳥井家当主は小柄鞠始め

雪片を追ふ雪片の流れかな

冱滝を見に行く筈の友病めり

冱滝の月光弾く力かな

滝壺を出て薄氷の漂ひぬ

梅寒く水をふくめる縄束子

長子小声次子大声や鬼やらひ

バレンタインデーのワインは蝶結び

雛屏風旅の芭蕉に随きし曾良

吊り雛の影の揺れゐし京畳

空見つめをりしが踏絵への一歩

白梅は父紅梅は母の花

塩茹での卵の甘し花曇り

ラケットを素振り卒業式の朝

卒業証書漉く子らにある未来かな

白梅の白を奪ひに鷺とび来

勝鶏に茹でたる蟹を漁夫与ふ

初桜結社に若き力欲し

朝採りの苺のにほふ弥生かな

斎王の墳墓の土筆誰も摘まず

斎宮に初雲雀とぶ御幸かな

花冷えや斎宮に多き忌み詞
斎王も都忘れを摘まれしか

斎王史とは悲傷史や母子草

斎宮に相聞歌あり緋桃咲く

正念場いくつもありし朧かな

「蕗」

師の病みて終刊の報鳥曇り

善き人と言はれて淋し薔薇を見る

天空の神囁きて朴ひらく

神の声受けてひらきし朴の花

世に遺る一句詠み得ず薔薇崩る

夕雨を淋しと蟇の鳴くならむ
蟇われを見てをりわれも蟇を見る

藤散つてしまひなんでも無い寺に

水鶏鳴く村にて素逝血を喀きし

水鶏鳴く村は素逝の病臥の地
浮葉見るいま何事も考へず

破らるるための約束罌粟赤し

紫陽花の水より淡く咲きにけり

山清水湧き開創の地と定む
天道虫星をこぼせる泉の辺

ひとつばたご咲き月読は女神とも

をみなには蛍袋は泪壺

河骨の花相触れし水の上

はんざきの巌のごとき面構へ

噴水に夕刊捨てし人憎む

はつたいや母情に父情及ばざる

水玉の如き音符や祇園笛

城垣のやや緩びたる大暑かな

ラムネ青しわれらに未来すこしだけ

ふくらみて落つ手花火の玉雫

泉見に来し少年の松葉杖

ゴッホより奔放な子の向日葵黄

棚経の僧と芭蕉の話して

棚経の僧海女小屋に用ありて

十哲の中曾良が好き稲の花

生身魂とはわれのこと妻のこと

銀河好きなれば銀河の句を多作

銀河百句詠み生涯の幕閉ぢむ

北村素直氏　二句

牛飼ひの句集上梓や千草濃し

野菊の句満ちし牧夫の句集出づ

新涼や麻で束ねし草箒

ゆたかなる乳房の土偶稲の秋

白丁来て草刈つてをり神馬塚

神の田の落穂を拾ふ白丁かな

何をしてゐるかと千振引きに問ふ

胡桃割る手力の欲し若さ欲し

雁渡し置薬屋の来る頃か

萱負女水車小屋にて少憩す

初鴨や仏師の彫りし木屑とぶ

偉丈夫の素逝なりしと忌を修す

露けしや素逝ふみ子に相聞歌

そこらまで歩みしのみに草虱

重陽の酒は伊賀より取り寄せて

斎王の墓は野末や野菊濃し

雁渡る頃に神宮暦出づ
人生の残り時間の銀河見る

和彦

わが家継ぐ出雲生まれや神無月

墨壺を石蕗の辺に置き舟大工

冬ちちろ芭蕉生家に火消壺

うまい句は良い句にあらずおでん酒

吊るされし鮟鱇濡れ身刃を拒む

人責むはわれ責むること冬銀河

食卓に冬の林檎と妻のメモ

悪評も一つの力榾火爆ぜ

選挙いくたび経し白手套書架にあり

小学校の渡り廊下の寒かりし

折鶴を教へて呉れし母よ雪

冬座敷笑み無き父の肖像画

多気町車川　五句

青女降り立つ猪狩の山河かな

磔刑のごとく戸板に猪の皮

両目無く魂無き猪の皮干され

雉子撃ちの妻連れて来し峠かな

雉子撃ちの銃身に彫る花鳥かな

吉野葛湯煮て養ひし命かな

雪沓の鼻緒の紅は母ごころ

手袋の漂ふ運河十二月

淋しげに男枯野の長椅子に

孫・勇志

肩の傷母に見せざるラガーかな

わが胸に狡き狐の棲むと思ふ
菜屑食みゐる冬の鯉かなしけれ

思ひ羽を抱き鴛鴦の水に伏す

行く年の鯉ゆつたりとゆつたりと

第三章　朧月

平成二十七年

伊勢

餅花や菊一文字は刃物店

丹生・本楽寺

一庭に二師の句碑あり冬菫

海女小屋の松を納めし海女頭

鱶のひれ焙りて酌みし雪見酒

胸うちの鬼へ打つ豆炒つてをり

鶴塚を守り冬耕にいそしめる

宮大工みな細身なり冬の梅

谿村に伊勢神楽来る二月かな

吊り雛の心許なく揺れてをり

ひらがなの文字流れゆく春の川

春月の水のやうなる柔らかさ

「伊勢に素逝惜し」との一句朧月

明日となる軍鶏の初陣春怒濤

石経を海へ投ぐ海女桃の花

伊賀俳人海に親しむ霞かな

孫・和輝・直也

兄弟の未来図思ふ春銀河

孫・誠　防衛大学校卒業　二句

国愛し人を愛して卒業す

江田島に行きし子に桃咲き満ちて

青饅や僧には僧の友がゐて
潮まねきまはりの砂を濡らしけり

水底を摑み栄螺の影うごく

沖に一帆澄みて寺山修司の忌

水隠れ岩隠れして山椒魚

鋼いろなる風貌の山椒魚

五月憂し鷹ともならず老いにけり

得意の日失意の日々も薔薇赤し

きつぱりと薔薇を嫌ひと少女言ふ

雨の日は裏谷の蛇にほふとか

夏山に榧の寄木の観世音

某月某日墓の蔑視を受けにけり

瑠璃星天牛掌にのせ桜桃忌

初蛍いつも桜桃忌の頃よ

アカシアの咲き母校阯は一碑のみ

月下美人咲かせ不遇の田舎画家

薔薇の句の無かりし父の句集かな

鴫焼は方丈さまの所望にて

銀竜草咲きさうな地に咲いてをり

生涯に決断三たび夏の星

水に餓ゑ愛に飢ゑたる山椒魚

篝火に雨糸見ゆる夏神楽

夕菅や水に隠るる沈み橋

天牛の嚙みたる桑のうら表

青歯朶に触れ天牛の角を研ぐ

白鳥のごとき夏衣の納棺師

氏子らの搗きし夏越の胡桃餅

よき泉ある村こそがわが出自

食紅の卑しき氷菓食べにけり

斎宮・素逝旧居

汗引くや素逝を憶ふ鶏二の句

擦り減りし束子捨てある泉かな

朝田寺　二句

青き切子白き切子と揺れ合へる

死者の名札付けし掛衣やつづれさせ

岬めぐるバスに棚経僧ひとり

父祖はみな屈葬なりしつづれさせ

螽蟖とまる神馬の馬栓棒

新秋の藁しくしくと神馬嚙む

伊勢の国神馬も巫女も露けしや

神の田は鹿垣結はず伊勢の国

石榴爆ぜ蘭陵王の顔に似し

人生はいつも次席や露の秋

麻縄で束ねて神の萱運ぶ

神官の浅沓の音露けしや

伊勢河崎　三句

伊勢春慶守り鈴虫を籠に飼ふ

伊勢春慶工房簾納めけり

伊勢春慶塗師火桶を遠ざけて

夕空にいま詩のごとく雁の棹

悪友が真の親友月蒼し

露の世の末席にゐて強かに

素十先生

箱書は虚子の高弟紅葉晴

雁列におくれし一羽われなるか

鷹詠みしこと守武に無かりけり

狐穴覗くうしろに狐立つ

狐火と思ふはわれの他に居ず

斎宮・放鷹会　七句

放ちたる鷹斎王の森を舞ふ

放鷹や狩の使ひのあそびし野

鷹匠の手を隼の甘噛みす

右手のみ嵌めし鷹師の弓懸けかな

白鷹を掌より放さず美濃鷹師

鷹匠のひとりは女人いつきの野

鷹狩の鈴鳴り小鳥怯えたる

星座見て眼を癒したる猟期前

玉子酒妻なればこそなればこそ

防大生四人囲みて聖菓食ぶ

鷹狩の絵皿や冬の美術館

第四章　若鮎

平成二十八年

寒紅の巫女凜として神楽舞ふ

伊勢大神楽

獅子に頭を噛まれ齢を新たにす

孫・南

獅子に頭を噛まれて少女羞ぢらはず

綾取りの橋に透きたる冬の波

父の蔵書われより多し冬の菊

多気・女鬼峠　二句

鬼の名を持ちし峠の枯薊

女鬼峠寒念仏も通りしか
われよりも深き枯木の孤独かな

水槽に貼り付く力寒鮃

火袋に啓蟄近き天道虫

白魚のいのちの重さ量らるる
晩年は白魚となり汲まれたし

白魚の万の眼の透きとほる

白魚を汲み取ることは詩のごとし

妻のオムレツは秀逸桃の花

水に透きいのちかがやく春の針鰻

王朝の夜のごと朧三日月は

馬刀の穴らしく窄みし一ところ

交通事故　六句

椿落つ生死を分つ一刹那

死の隣りには菫濃く咲いてをり

死の淵に半身投げ出す弥生尽

身の箍の外れしごとく花に病む

父母に叱らる一事春銀河

長病みになるやと惧れ春の闇

乗り継ぎて北斗へ行かむ朧の夜

人の手に触れて磯巾着緊る

仁王彫る仏師と春を惜しみけり

天道虫だましと言へど七つ星

斎王に若鮎貢ぐとの一書

鰻掻く返しの鉤の梵字めく

「金魚」終刊　二句

一誌閉づことを決心枇杷啜る

月日経て金魚も老いぬ一誌閉づ

滴りの一滴づつの神の声

伊勢の巫女麻糸を結ふ茅の輪かな

銅鐸に鷹狩の図や虎が雨

家系図をはみ出す人や夏の月

望むなり虹立つ下の樹木葬

遺言など書かぬ心算や蟬の中

始祖鳥の闊歩せし島土用波

あれつきり虫売の来ずなりしかな

斎王七十余人の泪蛍草

カンナの緋重く見えたる余生かな

星明りわづかにありて螻蛄の闇
水の澄むほどには心澄まざりし

鷹柱芯あるごとく崩れざる

身に入むや斎王に恋許されず

胡桃割る怒りのごとく唇緊めて

忘恩を戒むごとく鵙高音

句集　伊勢の国　畢

あとがき

第三句集『伊勢の国』を上梓することになりました。これも、ご指導いただいた諸先生や句友の恩愛と深く感謝いたします。

第一句集『真澄』、第二句集『斎宮』につづいての開板は、平成二十五年七月から二十八年九月までの約三年間の作品集であり、短い歳月での句集はやや不遜の思いもいたしますが、毎日欠詠しないと心に決めて、俳句一途の証として出版することにいたしました。

やがて近づいてくるであろう終焉の日に、思い残すことの無いようにと考えました。老境を自覚しながらも、心の若さは保持していかねばと思っています。

少年の頃から父・金襖子の影響を受け俳句の道に入り、七十有余年の間、俳句を詠むことの楽しさと、俳句を詠むことの苦しさを感得してこられたことは、至福と言えると思っています。

直接指導を受けることはありませんでしたが、長谷川素逝先生の晩年のお世話をした父のため、素逝先生の凄まじい俳句作りを垣間見ることが出来たのが、私の俳句の原点であると思います。橋本鶏二先生、高野素十先生にご指導を賜ることが出来たのも、正しく僥倖の極みであると思います。「年輪」の歴代の主宰の先生方、「蕗」の倉田紘文先生、さらに現今の「かつらぎ」の森田純一郎先生など、誠に恵まれた俳句環境の中にいることに感謝いたしたいと考えています。

昭和二十五年四月、宇治山田高校入学の折、級友と学生俳誌「金魚」を創刊しましたが、卒業と同時に休刊することになりました。しかしながら、五十年の歳月を経て平成十八年に復刊し、隔月ながら通巻六十四号まで俳句の絆を深めることになりました。平成二十八年六月、編集・発行のエネルギーを保つことの難しさを痛感し、再び休刊することになりました。

月日経て金魚も老いぬ一誌閉づ

地元明和町をはじめとし、伊勢・松阪・津、さらに多気の各地において多勢の句友と研鑽を重ねています。

この家集はゴールであるとは考えていません。新しい出発であり、俳句の奥深い境地への冒険者でありたいと思っています。

最後になりましたが、格段のご配慮をいただきました「文學の森」の皆様に、心から厚く御礼申し上げます。

平成二十八年十月

木戸口真澄

著者略歴

木戸口真澄（きどぐち・ますみ）

昭和10年1月2日三重県多気郡斎宮村（現・明和町）に生まれる。幼時より父・金襖子の膝下にあり俳句に親しむ。長谷川素逝先生に会う。

昭和24年　14歳で虚子選「ホトトギス」初入選
昭和25年　宇治山田高校入学と同時に「金魚」創刊・編集。
　　　　　橋本鶏二先生の「雪」から「年輪」入会
昭和34年　高野素十先生の「芹」入会
昭和56年　斎王まつり実行委員会会長（11年間）
平成6年　明和町長就任（3期12年間）
平成18年　「金魚」復刊（28年休刊）
平成19年　旭日双光章受章
平成21年　倉田紘文先生の「蕗」入会
平成26年　森田純一郎先生の「かつらぎ」入会

受　賞　三重県文学新人賞・年輪新人賞・松囃子賞・年輪賞
著　書　句集『真澄』（平成4年／牧羊社）
　　　　随筆集『みどりとそよ風のメモリー』（平成19年）
　　　　句集『斎宮』（平成25年／ふらんす堂）
現　在　俳人協会会員、「年輪」「かつらぎ」同人
　　　　伊勢新聞「伊勢俳壇」選者

現住所　〒515-0321　三重県多気郡明和町斎宮2748-4

句集　伊勢の国　いせのくに

俳句作家選集　第4期第9巻

発　行　平成二十九年一月二日

著　者　木戸口真澄

発行者　大山基利

発行所　株式会社 文學の森

〒一六九-〇〇七五

東京都新宿区高田馬場二-一-二　田島ビル八階

tel 03-5292-9188　fax 03-5292-9199

e-mail mori@bungak.com

ホームページ　http://www.bungak.com

印刷・製本　潮　貞男

ISBN978-4-86438-588-6　C0092